KB240445

키즈아이콘은 아이들의 꿈과
생각을 키우는 신나고 재미있는
책을 만듭니다.

최고의 기차

2018년 9월 15일 초판 1쇄 발행 | 2025년 11월 30일 초판 8쇄 발행

발행인 최종일 **발행처** (주)아이코닉스 **기획** 키즈아이콘
총괄책임 서현수 **편집책임** 박정은 **편집** 장보원 조윤수 김예진 이유진 **디자인** 김미선 이순영 권혜원 경희정 **3D제작** 스튜디오게일
제작책임 신초희 **제작관리** 이수란 김미래 김세미 **마케팅책임** 김미경 **마케팅** 이창열 서연지 심동수 이경재 이미나 지승한 송호성 이지언
주소 경기도 성남시 분당구 판교로 255번길 64 **고객 센터** 1566-0855
출판등록 2008년 11월 4일(제 2014-000009호) **홈페이지** www.iconix.co.kr
띠띠뽀 띠띠뽀©ICONIX/EBS/PororoPark

ⓒ 2018 ICONIX Co., Ltd. All rights reserved. Printed in Korea.

※ 이 책은 독점 판권 업체인 (주)아이코닉스에 의해 제작되었으며 무단 전재 및 무단 복제를 금합니다.
※ 잘못된 제품은 구입 후 10일 이내 구입처에서 교환하여 드립니다.
※ 제품에 자체 결함이 있을 시 무상 A/S 보증 기간은 구입 후 3개월입니다.
   단, 소비자의 부주의로 인한 파손이나 손해는 보상되지 않습니다.
※ 사용 중 분실된 구성품은 별도의 낱개 구입이나 교환이 불가능합니다.
※ 종이에 베이거나 긁히지 않도록 주의하시고, 특히 제품의 모서리에 다치지 않도록 주의하십시오.

최고의 기차

키즈아이콘

아침이 되면 기차 마을은 일하러 나가는 기차들로 복잡합니다.
씽씽이는 사람들을 먼 곳까지 데려다 주기 위해 바쁘게 나가고,
디젤은 항구로, 지니는 역으로 출발할 준비를 하고 있습니다.

안녕, 디젤?

띠띠뽀는 관제 센터에서
일하러 나가는 디젤을 만났습니다.

디젤이 띠띠뽀에게 물었습니다.
"띠띠뽀, 어제 일은 잘했어?"

8

"처음으로 일을 시작해서 실수도 했고,
아직 모르는 것도 많아."
띠띠뽀가 창피해 하자,
디젤이 우쭐거리며 말했어요.
"처음이라 실수했다고?
나는 처음부터 일을 잘했는데!"

9

"나는 일을 시작한 첫날부터
엄청나게 많은 짐을 끌고 나갔어."

"다른 기차들은 내가 그렇게 무거운 짐을 끌지 못할 거라고 걱정했지만
내가 거뜬히 짐을 싣고 가자 모두 깜짝 놀랐어.
물론, 허브 아저씨도 내가 최고의 기차라고 칭찬해 주셨지."

"디젤, 정말 대단하다."
"나처럼 실수하지 않고 일을 잘하면
너도 최고의 기차가 될 수 있을 거야."
말을 마친 디젤은 일하러 나갔습니다.
"나도 디젤처럼 최고의 기차가 되고 싶어."

12

띠띠뽀는 기차 제작소로 달려갔어요.
"어떻게 하면 최고의 기차가 될 수 있어요?"
띠띠뽀의 질문에 태오가 대답했어요.
"최고의 기차는 자기가 맡은 일에 최선을 다하는 기차야.
그러려면 운행 연습을 많이 해야 해."

띠띠뽀는 최고의 기차가 되기 위해 운행 연습을 시작했어요.

아침부터 달리기 시작한 띠띠뽀는 점심이 지나고
해가 질 때까지 쉬지 않고 달렸습니다.

"띠띠뽀, 해가 졌으니 이제 그만 기차 마을로 돌아가렴."
태오의 말에 띠띠뽀는 그제서야 밤이 되었다는 것을 알았어요.
"잘 가렴, 띠띠뽀."

띠띠뽀는 기차 마을로 돌아와서도 연습을 계속했어요.
그 소리에 잠을 깬 지니가 집 밖으로 나왔어요.
"띠띠뽀, 이렇게 늦은 밤까지 안 자고 뭐 하는 거야?"
"내일 운행이 있는데, 실수하지 않으려고 연습하는 중이야."

지니가 하품을 하며 집으로 들어간 후에도
띠띠뽀는 새벽까지 연습하고, 또 연습하다가 잠이 들었어요.

아침이 되었습니다.
그런데 새벽까지 연습하다 잠든 띠띠뽀는 아직 자고 있었어요.
갑자기 허브 아저씨의 목소리가 들렸습니다.
"띠띠뽀! 출발 시간 다 됐는데, 어서 나오거라!"
그 소리에 띠띠뽀는 깜짝 놀라 일어났어요.

띠띠뽀는 서둘러 객차를 달고 허브 아저씨께 달려갔어요.
"띠띠뽀, 역에 9시까지 가야 하는데 잘못하면 늦겠다.
어서 출발하거라."
"다녀오겠습니다."
띠띠뽀는 서둘러 출발했습니다.

역에서 띠띠뽀를 기다리고 있던 사람들은 9시가 되어도
띠띠뽀가 도착하지 않자 투덜대기 시작했어요.
띠띠뽀는 9시 10분이 되어서야 헐레벌떡 역에 도착했어요.
"이렇게 늦게 오면 어떡하니?"
"죄송합니다."
띠띠뽀는 서둘러 손님들을 태우고 역을 출발했어요.

이러다간 중요한
약속에 늦겠어.

20

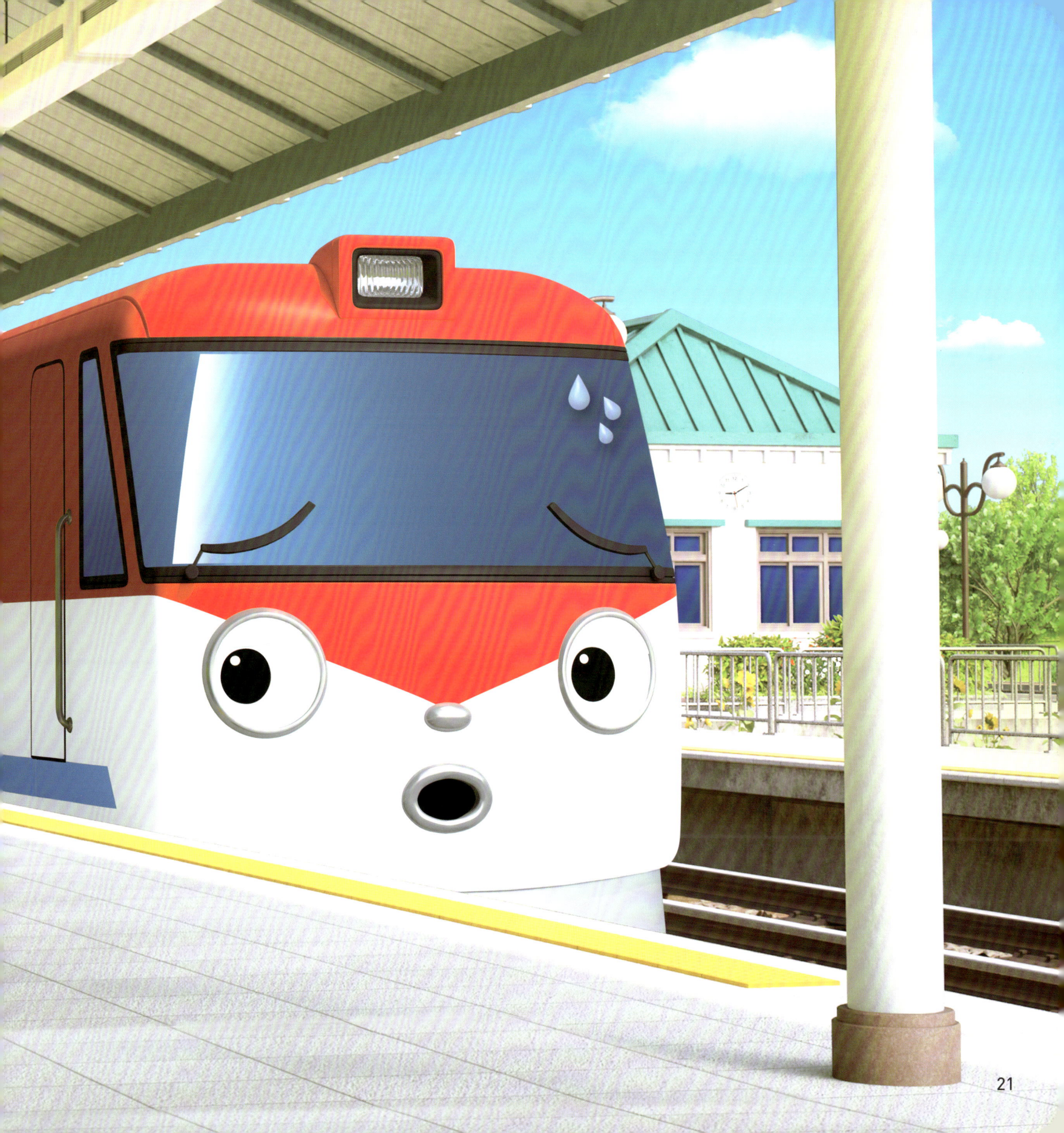

'목적지에 늦게 도착하지 않으려면 더 빨리 가야겠어.'
마음이 급해진 띠띠뽀가 빨리 달리기 시작했어요.

"으앗, 갑자기 빨리 달리면 어떡해, 넘어지겠어!"

"좀 얌전히 달리면 안 되겠니?"
"죄송합니다."
'잘하고 싶었는데, 실수만 잔뜩 하고 말았어.'

23

일을 끝내고 기차 마을에 돌아온 띠띠뽀는 디젤과 지니를 만났어요.
"띠띠뽀, 오늘도 실수했다고?
최고의 기차가 되려면 나처럼 실수를 하지 않아야 해."
디젤의 말에 띠띠뽀는 부끄러워졌어요.

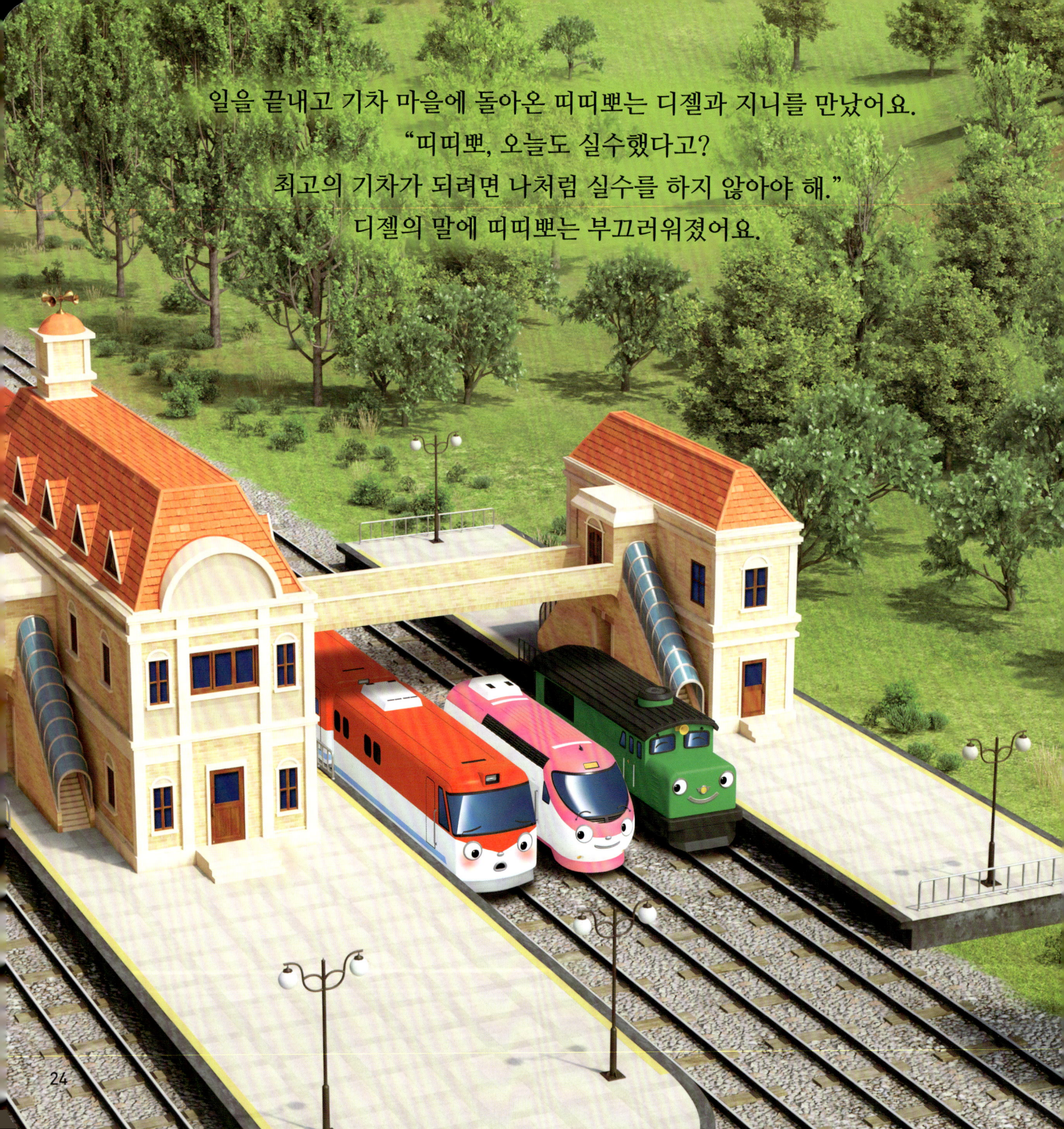

그러자 지니가 말했어요.
"띠띠뽀, 부끄러워하지 마. 디젤도 처음에는 실수를 많이 했어."
지니가 이야기를 시작하자 디젤은 안절부절못했어요.

디젤이 처음으로 일하러 나갈 때
허브 아저씨는 디젤에게
화차를 3칸만 끌고 가라고 했어.

하지만 디젤은 마음대로
화차를 10칸이나 끌고 나갔지.

항구로 간 디젤이 무거운 짐을 많이 실어 달라고 큰소리를 쳐서
크레이니는 어쩔 수 없이 디젤에게 짐을 잔뜩 실어 주었어.
다른 기차들은 디젤이 그렇게 무거운 짐을 끌기 힘들 거라고 걱정했지만
디젤은 잘 해낼 수 있다고 큰소리치며 짐을 싣고 출발했어.

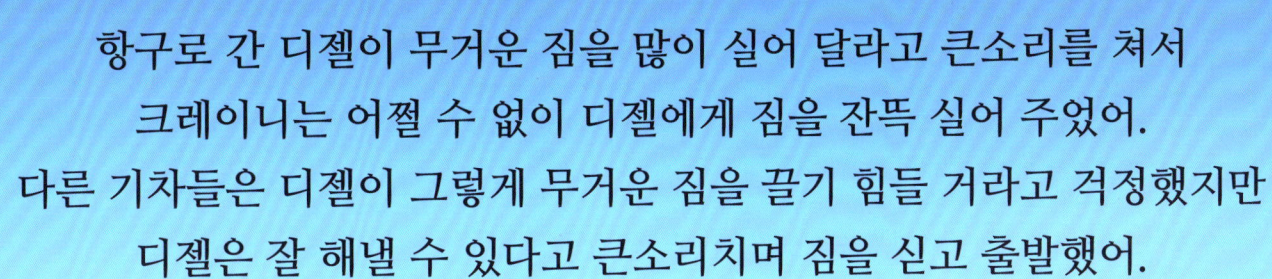

하지만, 디젤은 무거운 짐을 끌다가
결국 넘어지고 말았어.
짐들은 철길 주위로 어지럽게 흩어졌어.
픽스와 리프트가 구해 준 덕분에
디젤은 간신히 기차 마을로 돌아올 수 있었어.
여기저기 부서지고 망가진 디젤의 모습은
정말 엉망이었지.

"디젤, 정말 그랬어?"

띠띠뽀의 질문에 디젤은 아무 대답도 하지 못했어요.

"그렇다니까. 디젤도 처음에는 실수투성이였어."

지니의 말에 디젤이 발끈하며 소리쳤어요.

"그러는 지니도 처음에 얼마나 실수를

많이 했는지 알아?"

지니는 일을 시작한 첫날 엄청 긴장해서 가는 길에
웅덩이의 흙탕물을 뒤집어쓴 것도 몰랐대.
지니가 역으로 들어오자, 사람들은 지니의
우스꽝스러운 모습을 보고 웃음을 터뜨렸어.

아유, 지저분해!

사람들이 자기를 보고 웃자 지니는 창피해 했고,
더욱 긴장한 나머지 멈춰야 할 역을 그냥 지나가 버렸지.
게다가 엉뚱한 곳으로 달리다 길을 잃어버리기까지 했어.
"어? 여기는 어디지?"

"지니, 너도 정말 그런 실수를 했어?"

띠띠뽀가 질문하자 지니는 대답 대신
디젤에게 소리쳤어요.
"띠띠뽀 앞에서 그런 이야기를 하면 어떡해!"

"네가 먼저 내 얘기했잖아!"
지니와 디젤은 띠띠뽀를 옆에 두고
티격태격 다퉜어요.

"띠띠뽀, 사실은 우리도 처음 일할 때 실수를 많이 했어."
티격태격하던 지니와 디젤이 쑥스럽게 고백하자, 띠띠뽀가 활짝 웃었어요.

"애들아, 고마워!"
지니와 디젤이 영문을 몰라 띠띠뽀를 쳐다봤어요.
"너희도 나처럼 실수했었다는 이야기를 들으니 나도 자신감이 생겼어.
앞으로는 나도 지금보다 더 잘할 수 있을 것 같아."

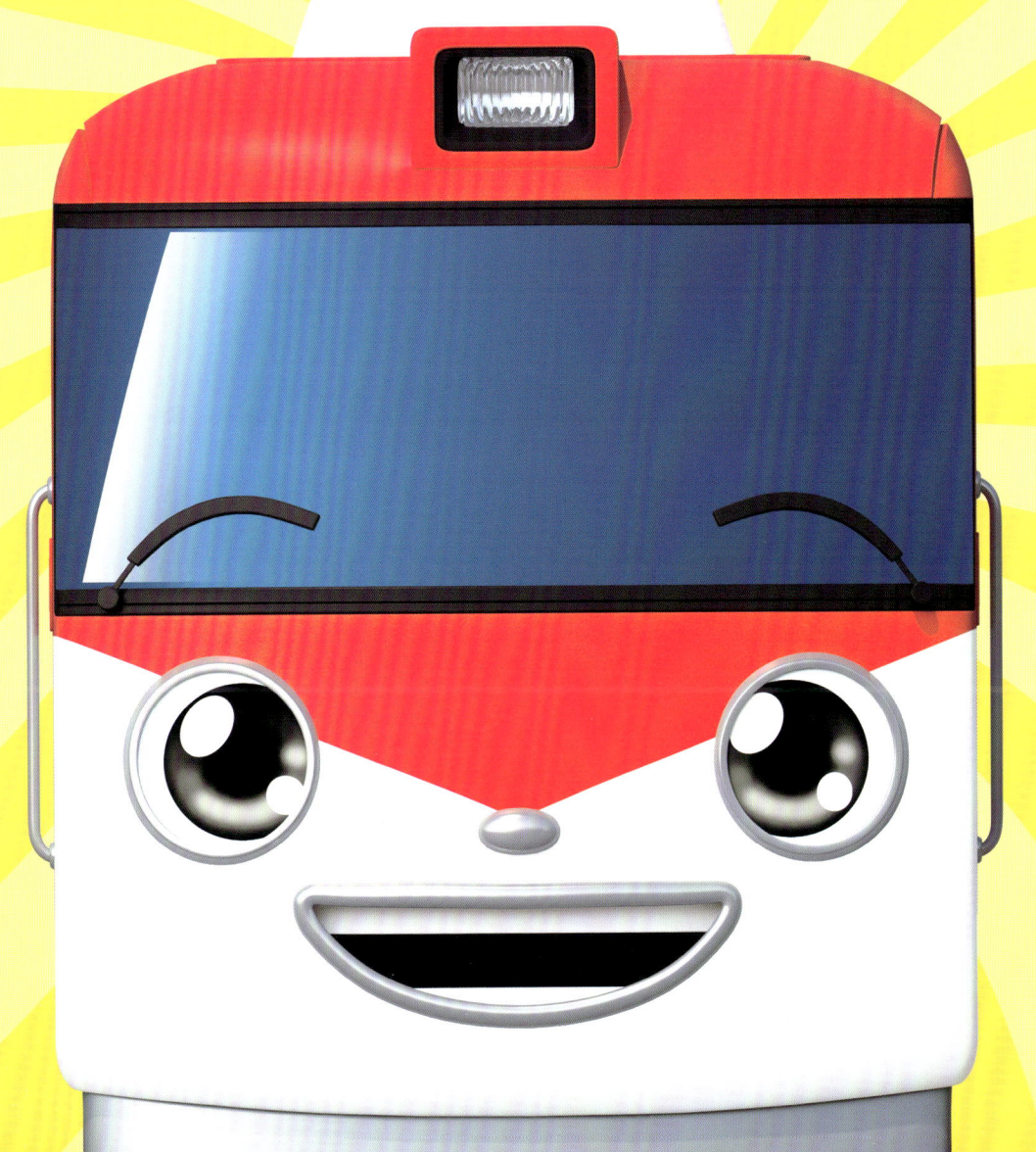

그러자 디젤이 웃으며 말했어요.
"그래도 나처럼 잘하려면 열심히 해야 할걸."
띠띠뽀와 지니는 웃음을 터뜨렸어요.

띠띠뽀는 누구나 처음엔 실수를 하며 배운다는 걸 알게 되었습니다.